CW00853709

Du même auteur dans la même collection :

Le Dernier Monde
Les aventures de Mister Bulok
Une souris verte et autres délires

Illustrations : Lionel Larchevêque.

Deuxième tirage : février 2014

© 2011 Alice Éditions, Bruxelles
info@alice-editions.be
www.alice-editions.be
ISBN 978-2-87426-151-0
EAN 9782874261510
Dépôt légal : D/2011/7641/18
Imprimé en Turquie

FLORENCE JENNER METZ

INTERDIT !

'ALICE
DEUZIO

*Un grand merci
à Geneviève, Marie-Anne, Isabelle et Pascale
pour leur regard critique,
leur soutien et leur amitié !
Un énorme bisou
à Mathieu, Corentin, Amandine et Alice…
F. J. M.*

SOMMAIRE

I. LE DÉFI

Ce qui est interdit est toujours incroyable-
ment excitant. Ça, Anatole le sait très
bien. Il adore par-dessus tout qu'on lui dise :
« Pas touche ! », « Pas le droit ! » Son mot pré-
féré ? INTERDIT !

Quand une grande personne s'écrie : « Tu
m'obéis ! C'est interdit ! », on peut voir naître

7

sur ses lèvres un sourire qui s'étire jusqu'à ses deux oreilles pour finir par illuminer tout son visage. À partir de là, le jeu a commencé et plus rien ne peut arrêter Anatole…

Ce matin, il arrive au pas de course dans le salon, fou de joie.

— Sur Internet, j'ai déniché un site où l'on peut acheter des trucs incroyables !

Son cher papounet réplique du tac au tac, sans même lever les yeux de son journal :

— Il est hors de question d'acheter quoi que ce soit sur Internet ! Tu m'as compris, fiston ? Je te l'interdis !

Un long silence s'installe. Même le chat n'ose plus balancer sa queue. Les poissons rouges stoppent leur ballet aquatique et collent leurs yeux globuleux contre le verre de l'aquarium. Le tic-tac de la pendule se fait tout discret.

Anatole, doucement, se met à sourire… Puis un marmonnement indistinct sort de sa bouche, satisfaisant son père qui répond :

— Bien, n'en parlons plus. Si tu veux, tu peux demander au petit voisin de venir jouer. Comme ça, moi, je peux finir mon journal en paix. On est dimanche, tout de même !

INTERDIT !

Anatole ne se fait pas prier. Il vient de trouver un défi à sa mesure !

2. ANATOLE, PRO D'INTERNET

Tout excité, Anatole retourne dans sa chambre.

Il ouvre ses mails.

Il rédige rapidemment un message adressé à son copain *bababasile@gmail.com.*

— Ramène-toi. J'ai un truc vachement chouette à te montrer.

Trente secondes après, la réponse s'affiche sous ses yeux.

— Je passe aux toilettes et je descends.

Il faut savoir qu'Anatole est un fou d'informatique. À dix ans, Internet n'a plus aucun secret pour lui. Les puces sont ses amies et la souris son animal de compagnie fétiche, et, cela, depuis qu'il sait taper sur les touches du clavier.

Ainsi, tous les soirs, le garçon passe des heures à bidouiller le ventre de son unité centrale. En cachette, bien sûr, car papa a défendu de jouer avec les fils et les écrous de la grosse boîte ! C'est d'ailleurs à force d'interdictions qu'il a réussi à dénicher un site canin génial qui offre des os à moelle à Noël aux teckels irlandais. Il a chaté avec Batman et même plusieurs fois avec 007 ! Il semble avoir infiltré les dossiers ultra secrets des meilleurs espions américains et a même trouvé le site du boucher de la rue d'en face qui brade les restes de viande invendue ! Et tout ça, les doigts dans le nez et sous celui de son père, qui pense que son fils est le plus obéissant des petits garçons.

Aujourd'hui, c'est encore plus incroyable ! Il a trouvé un site encore plus fou, tout simplement exceptionnel ! Celui dont tout le monde rêve... Car ce site n'est pas simplement fantastique, il est magique ! Vrai de vrai ! Et ça, Anatole l'a bien compris !

3. UN SITE INCROYABLE

Anatole est tout excité à l'idée de montrer sa trouvaille à son copain.

Basile est son meilleur ami. Ensemble, ils font les quatre cents coups : de la luge dans la cage d'escalier avec leurs cartables, des concours de bulles de chewing-gums qui éclatent à la figure, du roller sur les plates-bandes fleuries de la voisine qui râle tout le temps...

— Alors, qu'est-ce que tu as de si génial à me montrer ? lance Basile en passant la tête par l'entrebâillement de la porte.

— Chut, dépêche-toi ! C'est é-p-o-u-s-t-o-u-f-l-a-n-t ! murmure-t-il à son copain tout en sautant de joie.

Basile vient s'installer à côté de lui, devant l'ordinateur.

— Attends, je vérifie tout de même, continue Anatole en allant à son tour passer la tête hors de sa chambre.

Du canapé montent d'effroyables rugissements qui ont même fait fuir le chat. Mistigri s'est installé sur la console, à côté de l'aquarium. Au moins, les poissons ronflent en silence, eux !

— Bien, mon père dort profondément ! On a au moins une bonne demi-heure devant nous.

Cérémonieusement, il va tirer les rideaux et ferme la porte à double tour.

— Ca y est, on peut y aller, chuchote-t-il à Basile en clignant de l'œil pour mettre son copain en condition.

Puis, rapidement, il pianote sur le clavier.

D'abord, l'écran est noir, d'un noir terriblement sombre, et silencieux. Puis, un bruit de klaxon résonne. Sur l'écran, se forme progressivement une porte, petite, poussiéreuse, portant un écriteau doré. Fasciné, Basile approche la tête tout près de l'écran et lit : « ENTREZ. »

— Alors, on entre ? jubile Anatole.

— Attends, il y a autre chose d'écrit en dessous ! Ah, satanées petites lettres ! C'est fait exprès pour qu'on s'abîme les yeux, ou quoi ?

— Bof, on s'en balance ! Allez, on y va ! s'impatiente Anatole, pressé de continuer. Tu vas voir comme c'est génial !

Mais Basile colle son nez contre l'écran.

— Mmmm, j'arrive tout de même à repérer : « Qui… singe… gage. Qui dit.. do… paie ! » Mais ça ne veut rien dire !

— Non, ce n'est pas ça ! s'énerve son voisin de plus en plus impatient. Tout à l'heure, j'ai pris la loupe de mon père. Il est écrit : « Qui signe s'engage. Qui se dédit doit payer. »

— Ça sent le soufre, ça…

— Tu crois ? Moi, je n'y comprend rien ! Ce doit être une espèce de mise en garde stupide pour faire peur aux personnes mal intentionnées, c'est tout ! Nous, on n'est pas des voleurs et on n'a rien à se reprocher ! Et puis, ce qu'il y a de bien avec l'ordinateur, c'est que tu peux à tout moment l'éteindre. Clic !

— OK alors… on y va. Montre-moi ce site génial !

Anatole sifflote entre les dents, s'assure une fois de plus que la porte de sa chambre est bien fermée, conduit la souris jusqu'à l'écriteau et clique dessus.

La porte grince. Un enchevêtrement de cliquetis se fait entendre, comme si on actionnait une manivelle électrique. Puis la porte s'ouvre. Derrière, c'est à nouveau le noir, un noir étrange, comme un rideau de théâtre sous lequel des personnages préparent un décor. Soudain, un faisceau lumineux jaillit et inonde l'écran. On voit apparaître une vaste chambre d'enfant remplie d'objets surprenants.

— Mince alors, s'exalte Basile, on a l'impression de pouvoir toucher tous ces trucs. Des trucs étranges, d'ailleurs…

En effet, juste devant lui, une lampe de bureau bleue trace au plafond des lignes d'écriture, une chaise en forme de plume d'oie se balance au rythme d'une berceuse, une pince métallique flotte en l'air, attrape des vieux papiers et les jette dans une poubelle qui, elle-même, s'ouvre et se referme toute seule. Puis, quelqu'un toussote et, au centre de l'écran, dans un nuage de fumée, un petit homme portant une barbiche en pointe et un grand chapeau haut-de-forme apparaît et les salue. Pop ! Il décroise les bras, prend la pose et s'écrie en agitant les mains vers ses deux spectateurs :

— Bienvenue dans le magasin du professeur Eurékajaitrouvé, où l'on peut tout acheter, absolument tout, même ce qui n'a jamais existé, hé, hé ! Que puis-je pour vous ?

4. PREMIER ACHAT

Basile regarde Anatole, éberlué. Puis, il lui chuchote à l'oreille :

— Tu lui as déjà parlé ?

— Non, je t'attendais…

Après tout, même si Anatole est fort et courageux, cet étrange petit bonhomme lui fait un peu peur.

Mieux vaut être deux : on ne sait jamais !

— Alors, qu'est-ce qu'on lui dit ? insiste Basile, qui s'est pris au jeu.

Le petit homme, impassible, répète sa question.

— Que puis-je pour vous ? Écrivez votre commande sur l'écran, dans le tiroir rouge de la commode, s'il vous plaît !

Puis, il se met à taper du pied en rythme tout en soupirant.

— Dépêchez-vous, d'autres enfants attendent !

— Alors ? répète encore Basile du bout des lèvres à son copain, comme si le personnage de l'écran pouvait l'entendre.

— Hé bien… Tiens ! Demandons un stylo qui écrit tout seul…

— Ce n'est pas possible, ça…

— Justement ! On verra bien ce qui va se passer !

Aussi rapidement que ses doigts le permettent, Anatole entre la réponse.

Le petit homme se place en face de lui. Étrangement, Anatole a l'impression qu'il le fixe droit dans les yeux, comme s'il était juste derrière une vitre. Il secoue sa barbiche, fait rouler trois fois ses yeux noirs dans leurs orbites.

— Très bien, jeune homme. Vous êtes bien Anatole Dupré ? Je note : pour Anatole Dupré, un stylo qui écrit tout seul. Ça fera trois euros.

Mais comment payer ? Anatole et Basile n'ont même pas le temps d'écrire la question que le petit homme reprend. Cette fois, il fixe Basile de son regard devenu bleuté.

— Pour payer, rien de plus simple. La maison fait crédit sans problème. Il suffit de signer la reconnaissance de dettes que voici.

La chambre d'enfant s'évapore dans un nuage de fumée mauve et un billet vert au nom et à l'adresse d'Anatole se fixe sur l'écran. On peut y lire : « Je dois trois euros au professeur Eurékajaitrouvé. »

— Signez sur l'écran avec votre doigt, s'il vous plaît.

Anatole, fasciné, approche machinalement la main de l'ordinateur. Son doigt crisse contre l'écran comme si de l'encre en sortait. Et, très cérémonieusement, il signe de sa plus belle écriture le bas du billet vert, qui se met à scintiller, puis disparaît. Anatole jubile.

— Trois euros pour un stylo magique, on a gagné le jackpot ! Et puis, je n'ai même pas à payer maintenant ! Mon pote, je crois qu'on a déniché le site le plus extraordinaire qui soit. Le site qui va nous rendre célèbres et riches !

Puis il rajoute, se tournant vers son copain :

— Motus et bouche cousue, bien sûr ! Interdit d'en parler à qui que ce soit.

Anatole ricane. Le voilà qui se met à interdire des choses, lui aussi !

Et maintenant ? L'écran affiche un petit encart rose bonbon : « Merci de votre visite. À bientôt dans le magasin du professeur Eurékajaitrouvé où l'on trouve tout, même l'introuvable ! »

— Il n'y a plus qu'à attendre, s'écrie Anatole, encore plus excité, en tapant les mains sur ses cuisses. Nous allons voir ce qui va arriver !

Basile hausse les épaules.

— Si ça se trouve, il n'arrivera rien. Un stylo qui écrit tout seul, c'est du jamais vu. C'est sûrement un gag pour faire rire. Viens, on va jouer au foot dehors. Max et Jérémy nous attendent au terrain !

Anatole regarde encore l'écran gris. Il semble s'être endormi à présent. Et si c'était possible quand même ? Farce ou réalité ? Quoi qu'il en soit, la livraison n'aura lieu que demain, se souvient-il avoir lu sur la reconnaissance de dettes. Alors, il attrape ses chaussures à crampons et accompagne son copain au terrain de foot. Rien de mieux pour oublier !

5. UNE NUIT AGITÉE

Peu avant la nuit, Anatole regagne l'appartement. Il n'a pas réussi une seconde à oublier le site magique et son super stylo, et le match a été une véritable catastrophe. Jamais il n'a été aussi mauvais : il n'a pas marqué une seule fois, encore moins arrêté les balles de ses copains. Et pour couronner le tout, la jolie Alice, sa fiancée en secret, est passée les regarder ! Demain, pour sûr, elle va se moquer de lui !

Mais alors que, en temps normal, cette affaire l'aurait vexé, ce soir-là, il n'y pense déjà plus. Autre chose le préoccupe, quelque chose de plus effrayant et de plus stupéfiant à la fois. Et s'il avait vraiment trouvé un site magique ? Si tout cela n'était pas du bidon ? Anatole ravale sa salive. Il transpire. Et si c'était dangereux ? Interdit ?

D'ailleurs, une petite voix n'arrête pas de lui répéter à son oreille : « Qui s'y frotte, s'y pique. Désobéir, c'est parfois dangereux. N'oublie pas : Qui signe s'engage. Qui se dédit doit payer. Hé hé… »

Ce soir-là, sa mère est très étonnée. Il ne lui tient pas tête et elle n'a pas besoin d'imaginer des stratagèmes pour qu'il obéisse. Il semble absent et n'écoute pas son père râler parce qu'il pleut à nouveau. Il ne voit pas le chat loucher sur les poissons endormis. Il ne la voit pas, elle, ajouter de la ciboulette écœurante dans l'omelette. Gentiment, sans râler, sans même dire un seul mot, il découpe son omelette et l'avale en quelques bouchées. Puis il enfile son pyjama, vient embrasser ses parents et va se coucher sans se faire prier. Même Mistigri semble impressionné. Il pousse un long « miaou » respectueux quand le garçon passe devant lui.

Avant de se jeter dans son lit, Anatole lance un dernier regard à son ordinateur chéri. C'est étrange, il semble vivant... Comme si quelqu'un se cachait dans l'énorme boîte métallique... Anatole s'approche, surpris. L'ordinateur craque, toussote, éternue. Intrigué, il se penche vers le bouton d'allumage.

« Ah », se dit-il, rassuré, « j'avais oublié de l'éteindre, c'est tout. »

Il éteint la grosse bête et saute dans son lit. Pourtant, dans le silence de la nuit, alors qu'il dort déjà, l'écran d'ordinateur se teinte d'une couleur jaunâtre et un petit rire, à peine perceptible, se fait entendre, trop faiblement pour qu'Anatole s'en rende compte, mais qui a un petit côté diabolique tout à fait déplaisant...

6. LE STYLO MAGIQUE

— **A** natole ! Un paquet pour toi ! hurle son père en poussant la porte de la chambre du garçon.

Il fait encore nuit. Anatole se frotte les yeux. A-t-il bien entendu ? Mais quelle heure peut-il être ?

— Un colis à 7 h du matin, c'est quoi

encore ce truc ? grommelle son père sur le pas de la porte.

Le chat râle, la pendule s'affole. Anatole ouvre un œil, se pince le bras. Ouf, il n'est pas devenu un crapaud baveux comme dans son cauchemar ! Sa chambre n'est pas un marécage puant et son père une musaraigne en train de fouiner ! Puis, lentement, il se répète la phrase qu'il croit avoir entendue : « Un paquet pour toi. » Alors, d'un bond, Anatole se redresse, le cœur prêt à exploser… Et si c'était… Mais non, ce n'est pas possible ! Il arrache tout de même des mains de son père le petit paquet qu'il lui tend au-dessus de sa tête pour le forcer à se lever.

— Ce n'est rien… rien ! Un truc de Basile. Je lui ai prêté un jeu hier soir !

— Eh bien, il a même écrit ton adresse sur le paquet, et en lettres dorées ! Mazette !

Le père d'Anatole disparaît dans le salon.

Avec inquiétude, Anatole lorgne sur le colis suspect, qui semble lourd et léger à la fois. Anatole a l'impression que quelque chose de vivant bouge sous le papier marron, créant des bosses et des creux. Non, ce doit être son imagination ! Il continue son cauchemar, voilà tout ! Délicatement, il pose l'étrange colis sur son bureau et va s'asseoir au bord du lit.

Un moment, il ferme les yeux, puis se pince une nouvelle fois le bras. Ouille ! « C'est Basile », pense-t-il, « qui me fait marcher ! » Au fond de lui, il ne croit pas vraiment à cet achat des plus farfelus. Basile a raison, un stylo qui écrit tout seul, ça n'existe pas. Il regarde le paquet marron et sourit, bien réveillé, cette fois. « Il m'a bien eu, Basile ! »

Et puis, là, soudain, dans le petit matin, juste sous ses yeux, l'étrange paquet sursaute.

— Anatole, viens prendre ton petit déjeuner ! appelle sa mère en chantonnant.

Du bout des doigts, il attrape le coin du paquet suspect et le jette dans le tiroir du bureau. « On verra ça ce soir », se dit-il, espérant que le colis aura disparu par enchantement.

Mais la petite voix qu'il a déjà entendue à son oreille la veille se remet à persiffler : « Tu n'es donc qu'un trouillard, Anatole ? »

— Non, je ne suis pas un trouillard ! répond-il déterminé.

— Quoi ? crie son père de l'autre pièce.

— Rien, rien, je me parle à moi-même !

— Au lieu de réciter des poèmes, habille-toi ! Tu vas être en retard à l'école !

Ignorant l'injonction, Anatole ouvre lentement le tiroir, y jette un œil et, prenant son courage à deux mains, saisit le colis qu'il pose sur le bureau. Il vérifie encore le nom et l'adresse du destinataire. Pas d'erreur, c'est bien pour lui. Prenant alors une longue inspiration pour se donner du courage, il déchire l'emballage d'un geste.

À l'intérieur, un stylo noir, pas bien différent de son propre stylo, est posé sur un petit chiffon de soie rouge. Il le regarde. Le stylo reste immobile.

— Écris, lui murmure-t-il en se rapprochant tout près du capuchon, après avoir vérifié qu'il était seul dans sa chambre.

Après tout, il ne veut pas passer pour un imbécile aux yeux des autres et encore moins aux yeux de ses parents !

Le stylo reste immobile. Il semble aussi creux et bête que les trois poissons rouges dans leur bocal.

— Écris mon nom sur le papier, là, répète-t-il en signant du menton un bout de papier chiffonné posé en équilibre sur son bureau.

Le stylo reste toujours de marbre. Et puis, lentement, il commence à remuer. Il se redresse et se secoue comme un chat qui s'est fait prendre sous une averse. Puis il se met à voleter silencieusement jusqu'au petit bout de papier posé sur le bureau, se sépare de son capuchon et, de la plus belle écriture que peut prendre Anatole quand il écrit à sa grand-mère, note ce qu'il lui a été demandé.

Anatole observe le manège, médusé. « Incroyable : le stylo écrit tout seul ! » Il essaie à nouveau.

— Écris aussi mon adresse !

Sans se faire prier, le stylo se met au travail puis retourne sur son petit tissu rouge.

Anatole bondit de joie. Il n'a pas rêvé. Le stylo est magique ! Et il n'y a aucun piège, aucun danger ! Qu'il était bête, de trembler comme une feuille ! Anatole se redresse, bombe le torse et s'écrie de toutes ses forces :

— Une nouvelle vie va commencer !

— Quoi, tu veux déménager ? C'est bien ça que tu hurles dans ta chambre ? Est-ce que c'est vraiment le moment de penser à ça ? rétorque son père du fin fond de la cuisine.

7. UNE JOURNÉE PASSIONNANTE

Fou de joie, Anatole arrive à l'école. Sur le trajet, il a eu le temps de réfléchir aux nombreux avantages que va lui offrir ce stylo magique : plus besoin de faire les devoirs le soir après l'école. Pendant que son stylo remplira des pages et des pages d'exercices de grammaire et de calculs incompréhensibles, il

37

pourra pianoter sur son clavier ou écouter de
la musique ! Les dictées tellement affreuses
avec leurs mots compliqués qui font exprès de
le faire se tromper, ce n'est plus pour lui ! Ce
sera au stylo de s'en charger ! Et, comble du
bonheur, les punitions interminables du mer-
credi après-midi parce qu'il a un peu trop
bavardé deviendront une musique douce à son
oreille ! Pendant que le stylo jouera sa parti-
tion sur la feuille, lui, sortira jouer au foot
avec les copains !

Basile le regarde jubiler. Anatole vient vite
s'asseoir sur le banc d'à côté et ouvre sa
trousse, comme chaque matin, mais, aujour-
d'hui, tout en sifflotant.

— Alors ? demande son copain surpris
par sa bonne humeur matinale.

En général, Anatole est de mauvaise
humeur le matin et de très mauvaise humeur
le lundi matin.

— Regarde !

Avec précaution, il s'approche de sa
trousse et y murmure quelque chose.

— Tu vas bien, Anatole ? Tu as assez
dormi ?

Anatole lui met le doigt sur la bouche.

— Attends !

Quelque chose remue parmi les feutres et les stylos. Une sorte de capuchon se hisse par l'ouverture, puis glisse jusqu'au cahier d'Anatole. Tout en douceur, le capuchon se soulève et le stylo se penche vers la feuille.

« Coucou, Basile ! Je l'ai eu ce matin ! » lit son copain totalement ébahi.

Ainsi, toute la journée, le stylo travaille à la place d'Anatole : la dictée des mots difficiles est réalisée sans verser une seule goutte de sueur, les droites en géométrie sont impeccables, les opérations, une véritable partie de plaisir.

La maîtresse n'en revient pas : Anatole est le meilleur de la classe, aujourd'hui !

Et quand l'heure de quitter le banc d'école sonne, Anatole se sent frais comme un gardon ! La journée a été fantastique et si peu fatigante. Il est prêt pour aller retrouver le cher professeur Eurékajaitrouvé pour de nouveaux achats passionnants !

8. LA CAVERNE D'ALIBABA

—Je veux aussi un stylo ! s'exclame Basile
dès qu'ils ont ouvert la porte du magasin
virtuel.

— Et pour moi… Que penses-tu d'une
clef qui ouvre toutes les portes ?

— Génial ! On pourra fouiner dans les
vestiaires des filles au gymnase !

— Et entrer la nuit à la piscine ! Prendre un bain de minuit…

Avec le même petit sourire, le professeur Eurékajaitrouvé les remercie de leurs achats. Ça ne fera que trois autres euros pour le stylo et six pour la clef magique. Sans s'inquiéter, Anatole signe prestement la nouvelle reconnaissance de dettes.

Et le lendemain matin, à la même heure, deux paquets attendent Anatole sur le palier ! Basile devient à son tour le roi de la conjugaison pendant qu'Anatole découvre enfin à quoi ressemblent les vestiaires des filles au gymnase de l'école. Et pour bien terminer la journée, ils vont faire un petit plongeon dans l'eau claire et silencieuse de la piscine du quartier.

Subjugués par le site incroyable du professeur faiseur de miracles, ils commandent successivement une lampe qui s'allume quand on frappe dans les mains, des chaussettes qui reviennent toutes seules quand on les appelle, et des cartes qui trichent sans se faire voir.

Ainsi, les jours succèdent aux nuits et les livraisons succèdent aux commandes. Sont en - core mystérieusement livrés des chewing-gums inusables, des chaussures de foot qui gagnent à tous les coups, et même un vélo rouge qui pédale tout seul, avec un MP3 incorporé, et qui se plie comme un mouchoir de poche quand on siffle trois fois ! Très pratique pour le ranger incognito dans la poche de sa veste...

Quant à Basile, qui est très gourmand, il demande une boîte de chocolats extra-fins aux mille et un parfums, qui se remplit d'elle-même dès qu'on la ferme, et un arbre à cacahuètes.

— Tu avais raison, Anatole ! Ce site est trop top ; c'est vraiment la meilleure chose qui nous soit arrivée ! affirme Basile en croquant dans une truffe exquise.

— Regarde, continue-t-il, je ferme la boîte et, hop, les deux chocolats à la truffe de mandarine que je viens d'engloutir sont remplacés par des dômes à la mousse de praliné aux noisettes ! Exquis ! Merci, Professeur, ajoute-t-il en se tournant vers l'écran.

— Heureux de vous faire plaisir ! s'exclame alors l'étrange professeur qui apparaît sur l'écran dans son nuage de fumée mauve. Sans y avoir été invité...

Mais les deux garçons sont tellement excités par ce qui leur arrive qu'ils ne perçoivent pas cette bizarrerie.

— Mais n'oubliez pas, continue-t-il : « Qui signe s'engage. Qui se dédit doit payer ! »

— Oui, oui ! répond Anatole sans même l'écouter, en engloutissant à son tour un praliné aux amandes que lui tend Basile.

Le petit homme ricane. Ses yeux sont devenus jaunes et étroits. Mais les deux enfants sont tellement excités par leurs nouveaux cadeaux qu'ils ne perçoivent pas ces soudains changements.

— Au revoir, jeunes gens… Et à bientôt !

Il disparaît dans son nuage de fumée mauve sans attendre de réponse.

9. UN ENFANT SI SAGE

Anatole est tellement ravi de ses nouveaux objets qui lui rendent la vie si facile qu'il en oublie de vouloir désobéir. Même sortir la poubelle puante ou nourrir les poissons n'est plus une corvée !

— Que t'arrive-t-il mon chéri ? lui de-mande sa mère en préparant le repas. Tu es

45

tout joyeux et tellement gentil avec moi !

Anatole sourit. Il aimerait tant parler du site magique, rire ensemble en regardant les chaussettes courir vers le tiroir. Il pourrait même commander un aspirateur qui nettoie tout seul pour sa mère et des chaussons massants pour son père. Mais voilà, c'est interdit !

Anatole se sent un peu triste… C'est bête de ne pouvoir rien dire… D'un autre côté, s'il n'avait pas désobéi, il n'aurait jamais pu avoir cette vie de rêve ! Et il y tient plus qu'à tout ! Pour se rachetcr, Anatole aide sa mère à mettre la table en sifflotant. Il donne une petite tape amicale au gros matou et chatouille le bocal des poissons. Puis il retourne s'assurer que son stylo a bien fini ses devoirs.

Dans sa chambre, tout est en ordre. Les cahiers sont rangés dans son cartable, les chaussettes dorment dans le tiroir, le stylo ron-ronne au fond de sa trousse… Tout est vrai-ment parfait.

— À table !

— J'arrive, Maman !

Et puis, soudain, un étrange cliquetis sort du ventre de l'ordinateur, tel un vomissement écœurant.

10. L'HEURE DE PAYER SES DETTES

Anatole s'approche. Il a dû mal éteindre l'ordinateur tout à l'heure.

Le bruit reprend un peu plus fort. Il semble venir de très loin, de très très loin, de bien plus loin que sa chambre et même que sa maison. Et, tout à coup, une lumière mauve recouvre l'écran, une lumière qu'Anatole connaît très bien maintenant. Sans qu'il comprenne pourquoi, il sent son ventre se nouer et une boule se mettre en travers de sa gorge. Quelque chose se prépare… Apparaît alors l'étrange personnage à la barbiche. Il attrape son chapeau haut de forme et se penche vers le garçon.

— Salutations, Anatole Dupré. C'est aujourd'hui qu'il faut payer !

Anatole ne bouge pas.

— On mange !

— Une minute, Maman…

Le professeur reprend, le sourire aux lèvres, de sa voix fine et mielleuse :

— Il faut payer maintenant !

Pouf, la fumée envahit à nouveau l'écran et une note apparaît : « Monsieur Anatole Dupré doit cent cinquante-six euros à Monsieur le Professeur Eurékajaitrouvé. La facture doit être réglée ce soir avant minuit, SANS FAUTE. L'argent doit être disposé dans le tiroir du lecteur. »

Un long frisson d'angoisse secoue Anatole. Payer ! Il avait complètement oublié qu'il devrait payer un jour. Anatole se rue sur son cochon et lui ouvre les fesses. Il compte, vingt, trente…

quarante-six euros, en tout et pour tout…

Pas de panique, ce n'est qu'un écran. Une signature sur l'écran, ça ne vaut rien. Anatole débranche l'ordinateur et quitte la chambre.

— Ah, te voilà enfin ! Ce soir, j'ai fait des raviolis ! annonce sa mère.

— Mais pourquoi es-tu si pâle ? Ça ne va pas ? Tu n'aimes plus les raviolis ? poursuit son père.

— Oh, si, si… Mais je dois être un peu malade...

— Ah, ces jeunes, grommelle son père, un rien les affecte !

« S'il savait », pense le garçon. Mais il ne peut rien dire. Rien. C'est interdit !

Et puis, à nouveau, du fin fond de sa chambre, l'affreux cliquetis se fait entendre.

II. QUE FAIRE ?

— Le chat est dans ta chambre ? demande sa mère.

Anatole ne bouge pas. Il tremble. Lentement, il se racle la gorge :

— Je vais aller m'allonger un peu…

— Tu veux que je t'accompagne ?

— Surtout pas, s'exclame-t-il malgré lui.

Euh, non, je veux dire que ça va. J'ai juste besoin d'un peu de calme. Je reviens…

Doucement, Anatole tourne la poignée de la porte. Il regarde. Tout semble silencieux. Les chaussures de foot sont immobiles, droites dans leur boîte. La lampe est éteinte. Le stylo dort toujours sur son petit bout d'étoffe. Parfois, il sursaute un peu dans son sommeil… Sans doute fait-il un mauvais rêve… Anatole aussi a dû rêver : un ordinateur ne peut pas s'allumer sans être branché... Mais à nouveau, cliquetis cliquetas, l'ordinateur crisse, crache et finit par s'allumer.

— Dernier rappel : Monsieur Anatole Dupré doit cent cinquante-six euros à Monsieur Eurékajaitrouvé. La facture doit être réglée ce soir, avant minuit. Sinon…

— Mais, je n'ai pas de quoi payer ! Dans ma tirelire, j'ai exactement quarante-six euros en tout et pour tout !

Pouf, dans son nuage mauve, le visage du professeur Eurékajaitrouvé apparaît. Cette fois-ci, il a revêtu une longue robe noire semblable à celle des juges… ou des bourreaux ! Son regard est sombre, mais une petite lu -

mière tremble au fond de ses pupilles, une lumière de feu, terrible, qui semble dire : « Qui s'y frotte s'y pique ! J'ai gagné ! » Puis la bouche du professeur, qui a pris tout l'écran maintenant, s'ouvre en grand, laissant apparaître ses quenottes blanches (dont quelques-unes un peu jaunes) :

— Vous avez signé ! Avant minuit, vous devez déposer l'argent dans le tiroir du lecteur de l'ordinateur. Il est… 19 h 49 et 34 secondes pour être exact ; il vous reste donc…

— Je sais, pas longtemps…

— En effet !

— Je vais vous rendre tous les objets, Professeur ! Et, en plus, je vous laisse mes quarante-six euros. Pour l'utilisation. Comme ça, ça devrait aller, non ? tente désespérément le jeune garçon.

— Non, cher enfant, les objets ne sont ni repris, ni échangés. Il faut payer la somme exigée.

Un silence terrible envahit la chambre. Anatole sent la transpiration perler à son front. Il devient plus blanc que blanc. Et si tout cela n'était qu'un sale piège, dans lequel il serait tombé comme un débutant ?

— Allez, je vais être généreux, reprend le professeur Eurékajaitrouvé d'une voix mielleuse. Je vous laisse jusqu'à demain soir minuit... Et le prix sera simplement un peu différent, mon ami, un tout petit peu plus cher !

— Plus cher ?

— Bien sûr... je dois bien m'amuser un peu, non ? Si vous n'avez pas l'argent ce soir, vous m'apporterez demain... voyons... heu... le rire de votre maîtresse ! J'en fais la collection ! Et j'en ai déjà toute une panoplie ! Des rires gras, des rires gringalets, des rires bêtes, des rires hautains...

— Le rire de la maîtresse ? Mais...

— Oui, oui, son charmant petit rire ! Tenez, apportez-le moi dans la boîte à chaussures que vous avez sous votre lit. Elle ne sent pas très bon mais elle fera l'affaire. Je laverai le rire après. Ce n'est pas compliqué : faites rire votre maîtresse et attrapez-en la première note, puis il n'y a qu'à tirer ! Et vous enfournez le tout dans votre boîte. Voilà, conclut-il en croisant les bras d'un air de contentement.

— Mais, mais je ne peux pas faire ça !

— Alors il faut me donner l'argent tout de suite, s'impatiente-t-il en devenant rouge comme un diable en colère.

— Mais, je n'ai pas l'argent…

L'étrange personnage s'efface et une lettre à l'encre rouge sang clignote sur l'écran : « Si l'acheteur ne peut payer, il doit donner son père et sa mère, et ses animaux de compagnie, au professeur Eurêkajaitrouvé. »

— Quoi ? Ça, jamais ! s'exclame Anatole, à la fois furieux et horrifié. Et pourquoi mes parents ? Ils ne vous ont rien fait ! Ne parlons même pas de Mistigri, mon chat, et de mes trois stupides poissons rouges !

La bouche sourit, puis, très distinctement, crache en plein visage d'Anatole :

— Parce que je n'aime pas les enfants heureux ! Ce soir, l'argent, ou demain, le rire ! Sinon… hé ! hé !

Et l'écran redevient noir.

Anatole se prend la tête entre les mains. Il pense à ses parents. Après tout, ils ne sont pas si horribles. C'est vrai qu'il n'aime pas quand son père lui interdit de sortir ou quand sa mère l'oblige à manger des brocolis mais, sans ses parents, le professeur a raison, il serait l'enfant le plus malheureux de la terre. Et puis, que veut-il bien faire de ses parents, ce foutu magicien de pacotille ? Des esclaves qui frottent sa baignoire jusqu'à ce qu'elle brille ou, pire encore, de la chair à saucisse ?

Anatole sent la fièvre lui monter à la tête. Mais pourquoi, pourquoi a-t-il désobéi ? C'est bête de désobéir ! C'est pour les bébés stupides ! Et son cher minet ! Même s'il ne pense qu'à se bâfrer de pâtés et à embêter les poissons, il est bien sympa quand il saute sur ses genoux pour se faire cajoler. Quant aux poissons rouges, justement, Anatole doit se l'avouer, il les trouve amusants avec leurs grosses lèvres qui semblent réciter des poèmes d'amour à longueur de journée à la fausse plante en plastique bleuâtre qui flotte au milieu de l'aquarium.

Non, il ne peut pas en arriver là... Et maintenant ? Comment obtenir la somme exigée ? Pire encore, comment voler le rire de la maîtresse s'il ne parvient pas à récolter l'argent d'ici minuit ?

12. LES TIRELIRES VIDES

— **A** près le repas, descends tout de suite.
Il y a un problème ! Un grave pro -
blème !

Un quart d'heure plus tard, Basile est là,
pâle et atterré.

— Qu'est-ce qu'on peut faire ? demande
Anatole à son copain, tout aussi anéanti.

— On ne peut pas voler un rire… C'est impossible ! Je n'ai jamais entendu une chose pareille ! Et puis, ce n'est vraiment pas sympa pour la maîtresse. Elle donne beaucoup de punitions, mais elle ne mérite tout de même pas ça.

— Tu as combien, toi, dans ta tirelire ? reprend Anatole.

— Vingt-trois euros, c'est tout. Le mois dernier, je me suis acheté un jeu pour ma DS… Si j'avais su… Il n'y a qu'une chose à faire, Anatole : il faut le dire à tes parents…

— Jamais ! Je te l'interdis !

Dans la chambre d'Anatole, les objets magiques semblent tout à coup fades et sans intérêt. À quoi servent des chaussettes qui se rangent toutes seules si sa mère n'est plus là pour les laver, les plier, les raccommoder avec tout l'amour que peut avoir une maman ? Et même, à quoi ça sert de ne plus faire de fautes à la dictée ? D'ailleurs, son père dit toujours que faire des fautes, parfois, ça rend plus intelligent, parce qu'on est obligé de réfléchir…

— Ça ne peut pas finir comme cela, Basile. Il faut faire quelque chose !

— Pas de panique… Après tout, ce n'est qu'un site ! Comment veux-tu que ce satané professeur bidon enlève tes parents ou vole le rire de quelqu'un ?

Anatole jette un regard inquiet à l'écran. Ouf, il n'a pas bronché.

— Je ne sais pas…

— C'est peut-être juste pour nous faire peur !

À ce moment-là, un bruit de chute provenant de la cuisine remplit l'appartement et la voix, cette fois-ci stridente, de la mère d'Anatole retentit :

— Chéri, viens vite ! J'ai dérapé sur le carrelage ! Fichu carrelage… Je crois que je me suis foulée la cheville !

Anatole et Basile se regardent.

Et si…

Le monstre d'ordinateur toussote et une petite voix en sort par les haut-parleurs. Elle se met à chantonner tout bas :

— Dernier avertissement… Dernier aver - tissement…

— Tu as raison. Je vais vendre mon stylo à mon grand frère ! Il m'en donnera au moins

vingt euros ! Et ton vélo, tu peux en tirer qua-
rante euros au moins ! Je suis sûr que mon
frère va aussi te l'acheter ! dit Basile totalement
paniqué.

— Et moi, je vais demander une avance
d'argent de poche à mon père !

Les deux garçons se regardent. Ils ont l'air
exténués comme s'ils avaient gravi l'Éverest
deux fois de suite. Cette satanée histoire est
éreintante ! Mais dans quelques heures, ils
auront l'argent ! Anatole se jure de ne plus
jamais toucher à Internet sans avoir son papa
à ses côtés : « Croix de bois, croix de fer ! »

Pendant que Basile essaie de revendre les
objets à sa famille, Anatole rassemble ses
affaires : un stylo qui écrit tout seul, une paire
de chaussures de foot imbattables, des cartes
qui trichent sans se faire attraper, un vélo qui
pédale tout seul, des super chaussettes, la clef
qui ouvre toutes les portes et les chewing-
gums inusables. Tout y est.

Puis il va voir son père. Ce dernier est
debout, le dos courbé, en train de faire un
bandage à sa maman. Et il grogne. « Zut »,
pense Anatole, « ce sera plus dur que
prévu ! »

— Que veux-tu, fiston, tu ne vois pas que nous sommes occupés ?

Anatole sourit en se tordant les mains.

— J'ai… j'ai besoin d'une petite avance d'argent de poche.

Mais son père l'interrompt :

— Pas question ! Ce n'est vraiment pas le moment !

— Anatole, passe-moi le gant de toilette, pleurniche sa mère.

Anatole court dans la salle de bain et revient au galop.

— S'il te plaît, Papa…

— Ton père a dit non ! On verra ça demain ! Va te coucher ! Tu as vu l'heure ? Il est déjà 21 h 30 ! Cela fait une heure que tu devrais être au lit !

Puis le téléphone sonne… Anatole se précipite sur le combiné.

C'est Basile.

— Chou blanc… mon père ne me prête pas d'argent. Et toi ? demande Anatole, tremblant.

— J'ai voulu montrer à mon frère comment marchait le stylo…

— Et alors ? Il l'achète ?

— Il ne marche plus !

— Comment ça ?

— Et la boîte à chocolats, pff ! poursuit son ami. Je l'ai montrée à ma sœur qui adore manger, et quand je l'ai ouverte sous ses yeux, pouf... elle est restée vide, totalement vide ! Elle s'est bien moquée de moi en tout cas.

— Tu veux dire que les objets ne sont plus magiques ?

— Si, mais juste pour nous. Quand il y a quelqu'un d'autre, ça ne marche pas !

La main d'Anatole tremble. Il n'entend plus rien, pas même l'horloge du salon qui sonne 22 h, comme un glas…

— Qu'allons-nous faire, alors ? pleur-niche-t-il.

13. LE RIRE DE LA MAÎTRESSE

Cette nuit, la lune est ronde et très blanche. Anatole n'arrive pas à fermer l'œil... Et s'il n'arrivait pas à attraper le rire de la maîtresse ? Un rire, c'est du bruit et puis c'est tout ! On n'attrape pas un rire !

Mais sans ce satané rire... plus de parents !

Que fera-t-il sans parents ? Vivre seul dans l'appartement ? Devoir faire les courses et le ménage ? Ne plus entendre sa mère chantonner et son père glousser à chaque bond des poissons dans l'aquarium ? Pire encore, si on l'apprenait, il serait placé dans un foyer...

Très tôt, il se lève en se répétant ce qu'a dit le fichu professeur : la faire rire et attraper la première note ; après, il n'y a plus qu'à tirer et on fourre le tout dans la boîte à chaussures !

Sans attendre le réveil de ses parents, il s'habille et prépare son cartable, sans oublier la boîte, la boîte à rire. C'est sa dernière chance. Sa toute dernière !

La journée se passe mal, très mal. La maîtresse, Madame Gureau, est de très mauvaise humeur. C'est normal, ses deux élèves chouchous ont la tête en l'air, se trompent constamment en calcul mental et n'arrivent plus à aligner deux mots ! Au lieu de rire, elle s'énerve, crie, hurle, s'égosille.

Et puis, 4 h sonnent.

— Il faut y aller, maintenant, murmure Basile à son copain en rangeant maladroitement son sac.

— Mais qu'est-ce qu'on lui dit ?

— On lui raconte une blague avec Toto ?

— Tu es fou ? Ça ne fait pas rire les grandes personnes !

— Je l'attrape et tu la chatouilles ?

— T'as vu comme elle est grande ! s'exclame Anatole en observant la maîtresse campée sur ses talons aiguilles. On risque de se payer un de ses talons dans l'estomac !

— Mwais… alors…

— Et vous deux, vous ne sortez pas ? s'énerve madame Gureau en posant les mains sur ses hanches en signe de mécontentement.

Ils sont seuls, maintenant, seuls avec elle.

— Euh, Madame, commence Anatole. On voudrait s'excuser. On a des ennuis : c'est pour ça qu'aujourd'hui on n'était pas très… attentifs.

— Bon, j'espère que cela ira mieux demain, reprend-elle tout en effaçant le tableau.

— Madame Gureau, vous ne voudriez pas rire un peu ? lance Basile d'une toute petite voix.

Alors là, la maîtresse devient bleue puis rouge, puis blanche et s'écrie :

— Vous voulez finir chez le directeur ?
Disparaissez !

La tête basse, les deux copains ferment
leur cartable et courent dehors. Ils ont juste le
temps d'entendre monsieur Flip, le concierge,
demander à madame Gureau :

— Que se passe-t-il ici ?

— Vous ne me croirez jamais ! Ils m'ont
demandé de rire ! Ha, ha ha !

Un gloussement monte de la salle de
classe et égrène ses notes qui volettent dans le
couloir et s'échappent en cadence par la porte.
Adieu rire… dernière chance envolée…

— J'ai réfléchi, reprend Basile, une fois
dans la rue. On retourne sur Internet. Et on
cherche l'adresse de ce magasin de malheur.
Après tout, tu es l'as des as de l'informatique,
ne l'oublie pas. Tu arriveras à pirater le site !

— Ouais. On va faire ça. Tu as raison, ce
qu'il faut, c'est être plus fort que ce magicien
de malheur ! Si ça se trouve, il tremble déjà
dans ses pantalons !

14. UNE LIBRAIRIE INESPÉRÉE

Il est 18 h. D'un revers de la manche, Anatole essuie la transpiration qui dégouline de son front. Voilà une heure qu'il fouille tous les sites imaginables, lance dix recherches à la fois. Mais rien, rien de rien. Ce professeur Trucmachin est vraiment le plus malin des affreux… Et il ne reste plus que… six heures avant l'instant fatidique. Anatole pense à ses chers parents. Son père est encore au bureau, mais sa mère est rentrée et accompagne la radio en fredonnant tout en repassant... ses chaussettes ! Maudites chaussettes !

— Rien, toujours rien, murmure-t-il.

Basile est debout à côté de lui. Plus un seul de ses doigts ne présente encore un ongle correct. Ils ont tous fini au fond de son estomac. Maintenant, il s'attaque à la peau.

— Dernier essai : essayons avec le mot « interdit » ; après tout, c'est à cause de lui que tout a commencé...

C'est alors que l'adresse d'une librairie s'affiche sur l'écran. « Librairie des Interdits, 20, rue Hautevieille. Accès uniquement réservé aux enfants. »

— Dis, c'est à quelques pâtés de maisons de chez nous, ça. Tu as déjà vu cette librairie ?

Basile et Anatole se regardent et nient en même temps de la tête.

— C'est une très maigre piste... Mais c'est la seule que l'on ait ! conclut tout bas Anatole, fatigué et déprimé.

— Et puis, c'est étrange d'indiquer une libraire à un endroit où il n'y en a pas.

— Tu as raison ! Partons tout de suite, avant que cette drôle de librairie ferme, finit-il par dire tout en se levant.

Il en oublie même de couper l'ordinateur qui semble observer la chambre plongée à présent dans le noir. Seul le stylo soupire d'aise en se retournant sur son petit chiffon rouge.

L'ordinateur pousse un petit cliquetis. Le message a été entendu... par quelqu'un d'autre encore...

15. PLUS DE CENT VINGT-HUIT ANS ?!

Les deux garçons attrapent leur veste au vol, claquent la porte de l'appartement sans même préciser à la maman d'Anatole où ils courent ainsi, et dévalent les escaliers. Il faut faire vite. Il fait déjà nuit dehors, le vent froid balaie les feuilles… Tout cela n'annonce rien de bon. Et, étrangement, le vent devient plus fort et les arbres craquent comme si une tempête allait s'abattre sur la ville. Mais rien n'arrête les enfants, ni la peur, ni le froid.

Rapidemment, ils parviennent au numéro 20 de la rue Hautevieille.

Sur une porte en bois sombre d'où ne filtre aucune lumière, il y a bien un écriteau avec l'inscription « Librairie des Interdits » notée en lettres métalliques, un peu rouillées, mais pas de devanture typique d'un commerce, encore moins d'une librairie.

— On arrive trop tard, tu crois ? chuchote Basile à son copain.

— Il n'y a qu'un moyen de le savoir, répond Anatole en tambourinant contre le battant de la porte avec toute la force de son espoir, de son désespoir, et de sa peur aussi. Car c'est sûrement leur dernière chance…

Rien. Il recommence en redoublant ses efforts. Et puis, soudain, de l'autre côté, des pas feutrés se font entendre.

— Qui vient à cette heure ? demande une voix chevrotante.

— Anatole et Basile.

— Revenez demain !

— C'est urgent, M'sieur… S'il vous plaît,

ajoute Anatole d'une toute petite voix après un moment.

Un silence angoissant plane quelques secondes. Puis la porte s'entrouvre. Un vieux, un très vieux monsieur voûté, avec un nez tout fin et de longs poils roux qui en sortent dans tous les sens, formant une étrange moustache nasale, passe sa tête par l'entrebâillement. Il regarde un moment les deux enfants haletants. La panique doit se lire dans leur regard, car il répond, le visage plus doux :

— Vous avez bien fait de venir. Entrez.

La porte s'ouvre et les deux amis s'engouffrent dans un long couloir mal éclairé. Il doit y avoir une dizaine de portes de part et d'autre. Le petit monsieur aux poils de nez aussi longs que ceux qui recouvrent le dos de Mistigri se penche vers les deux garçons et demande :

— Dites-moi, en quoi avez-vous désobéi à vos parents ? Hum ?

Surpris, Anatole et Basile restent un moment à regarder l'étrange grand-père sans pouvoir répondre quoi que ce soit.

— Eh bien ? Rien de magique à tout cela ! Si vous êtes ici, c'est que vous avez désobéi à vos parents ! reprend le vieillard en haussant les épaules.

Il se rapproche encore plus près de leur visage et murmure tout bas :

— C'est que vous avez fait quelque chose d'interdit…

C'est Anatole qui se reprend le premier.

— Oui, c'est vrai. J'ai désobéi à mon père. Je suis allé sur un site Internet sans sa permission et j'ai acheté des trucs…

— Stop, le coupe le vieil homme en levant la main ! Je ne veux pas en savoir plus ! Internet, vous me dites ! Décidément, c'est plutôt populaire en ce moment !

Puis il se retourne et marche vers le fond du couloir.

— Nouveaux médias… Suivez-moi !

Il saisit une petite clef argentée accrochée à un énorme trousseau qu'il dissimulait sous son gilet troué et ouvre la dernière porte au fond du couloir.

— C'est par ici !

— Et les autres pièces ? demande Basile, intrigué.

— D'autres interdits bafoués par d'autres enfants… Mais, de nos jours, je n'ouvre plus guère ces portes-là ! Il n'y en a plus que pour Internet ! Quelle époque !

Décidément, Basile et Anatole ne comprennent pas grand-chose au discours du vieil homme… Que peuvent donc cacher toutes ces portes ? Mais, ce soir, ces mystères n'auront pas de réponse. Une autre urgence doit être réglée… au plus vite !

Dans la pièce du fond, des panneaux lumineux s'allument dès qu'ils passent le porche. On peut y lire : « Entrez votre recherche. »

Le petit homme se retourne vers eux.

— Voilà. Ici, c'est la bibliothèque en ligne qui regroupe tous les livres, les codes, les règlements de tous les sites Internet interdits. Vous y trouverez peut-être la réponse à votre problème. Autrement, je ne vois pas où…

— Notre problème justement, c'est…

— Non, je ne veux pas le savoir. Ce n'est pas mon boulot, saperlipopette ! Depuis cent vingt-huit ans que je fais ça, si j'écoutais toutes les histoires des sales garnements venus se précipiter chez moi après avoir fait une grosse bêtise, j'aurais la tête comme un melon ! Ha ! Au fait, c'est trente euros ! Faut bien que je vive !

Furtivement, Anatole jette un regard angoissé à son copain.

— Pas le choix… répond ce dernier. De toute façon, on n'a pas le rire de madame Gureau, alors trente euros de plus ou de moins…

À contrecœur, Anatole sort les billets de sa poche.

— Merci ! Car la maison ne fait pas crédit !

Et la porte se referme derrière eux.

— Il a plus de cent vingt-huit ans, ce bonhomme, marmonne Basile. Toute cette histoire est dingue !

16. DES PAGES ET DES PAGES

Restés seuls, les garçons s'approchent de la console et Anatole, pour la millième fois, entre les mots clefs « Magasin du professeur Eurékajaitrouvé. »

Sur les six écrans géants, des dizaines de pages écrites en tout petits caractères défilent.

— Il va falloir lire tout cela ! se désole Basile, déjà exténué.

Il faut dire que Basile n'aime pas lire. Déjà, les énoncés de problèmes lui donnent mal à la tête, alors des textes de loi en tout tout petits caractères…

— Oui, je crois bien. Il faut y trouver la faille. Alors, on sauvera mes parents. Il est 19 h. Nous avons cinq heures devant nous. Au travail.

Et les deux amis se mettent à éplucher les textes les uns après les autres.

Ainsi, ils apprennent qu'il y a très longtemps, le magasin en ligne de l'affreux professeur existait déjà, mais sous la forme d'un magasin ambulant, une espèce de roulotte tirée par un bœuf qui appartenait à un certain magicien Eurékajaitrouvé, alors grand sorcier de son état… Avant qu'il devienne un sorcier de l'Ombre ! En effet, fatigué par les gentils tours qui ne l'amusaient pas du tout, il avait décidé de détourner la magie du droit chemin ! Au lieu de transformer les branches de bouleaux en brochettes de friandises, il vendait des potions d'épouvante pour faire peur aux petits enfants et de la bave de crapaud à

l'eau de thé qui, d'après les textes, avait le pouvoir de faire pleurer les étoiles. Il avait même
essayé d'inventer la nuit permanente, car le
jour lui faisait mal aux yeux, avait-il décrété.
Alors, la congrégation de la magie l'avait
banni. Il avait été condamné à errer et à rumi-
ner pendant des siècles sa défaite dans l'espace
froid et infini. Mais c'est sa vengeance qu'il
préparait en secret. Au bout de trois siècles et
deux jours exactement, il avait pu revenir sur
terre. Et il avait trouvé Internet !

Basile déniche même une photo du professeur sous laquelle est notée : « Si vous croi-
sez son chemin, fuyez, jeunes enfants ! »

Tout ça ne les rassure pas, au contraire. Et
cela ne les aide pas non plus. L'heure tourne,
sans qu'ils trouvent un seul petit indice per-
mettant de sauver les parents d'Anatole. Le
professeur a pris soin d'ouvrir son site dans les
règles de l'art imposées par la confédération de
la magie et les objets vendus sont agréés par le
tribunal des magiciens. En d'autres circons-
tances, Anatole et Basile seraient fous de joie
de découvrir que les sorciers et les magiciens
existent réellement mais, ce soir-là, ils n'ont
pas le cœur à se réjouir.

*

Bientôt, onze coups sonnent à l'horloge, à la monumentale horloge coincée au fond de la pièce entre deux immenses tableaux lumineux.

Anatole soupire en se tournant vers le cadran doré. Il sent le découragement le submerger, irrémédiablement. Adieu parents bien aimés, petit chat tout fou et poissons rigolos… Ses yeux se perdent dans le vague pour se fixer sur le cadran de l'horloge. Puis son regard descend vers une plaque sombre clouée sur son socle… Sans doute la marque et le nom du fabricant. Sans savoir pourquoi, il s'approche de la pendule.

« Gringoire. De père en fils », lit-il. « Devise de la famille : SERS-TOI DES MÊMES ARMES QUE CELLES DE TON ENNEMI POUR TE DÉBARRASSER DE LUI ! »

Anatole hausse les épaules. « Ils sont complètement fous, ces magiciens, sorciers et je ne sais pas quoi d'autre ! », se dit-il. Las, il s'affale sur le sol, tout contre la pendule qui semble battre en lui à la place de son cœur. « Sers-toi des mêmes armes que ton ennemi… » se répète-t-il.

Et soudain, il s'écrie :

— Mais oui ! Basile, ces Gringoire ont raison. La solution, je l'ai trouvée !

Basile se retourne, étonné.

— Quoi ?

— Viens, mets ta veste. Il nous reste juste le temps de rentrer.

— Mais…

— Fais-moi confiance.

17. LA SOLUTION DES GRINGOIRE

Dehors, le vent se déchaîne. Du fond de la libraire, ils ne s'étaient pas rendu compte qu'une tempête se préparait.

Le vent, terrible, arrache les tuiles des toits et de monstrueuses branches d'arbre s'affalent au sol, comme des bras arrachés. Une vieille poubelle mal fixée roule à terre en gémissant. Anatole se cramponne à son copain.

— Il va falloir traverser ça, et vite, lui crie-t-il à l'oreille.

— Je crois qu'on devrait plutôt retourner à l'intérieur de la librairie et attendre que ça se calme, répond Basile, terrorisé. Ce n'est pas normal, tout ça, ajoute-t-il en fixant un nuage sombre qui s'amuse à tourbillonner en l'air.

Anatole observe le vent qui s'engouffre dans la rue, le ciel noir et sans fond, le nuage étrange.

— C'est un coup tordu du magicien zinzin, j'en suis sûr !

Alors, encore une fois, il se répète la fameuse devise de la famille Gringoire : « Sers-toi des mêmes armes que celles de ton ennemi pour te débarrasser de lui ! »

— Nous devons y aller ! lance-t-il à Basile qui manque de tomber à la renverse tellement le vent est devenu violent.

— Puisqu'il essaie de nous dissuader de sortir en déchaînant les éléments, laissons-nous emporter par le vent. Même arme que l'ennemi, Basile, même arme...

Basile, qui ne comprend pas un mot de ce que dit son copain, se cramponne toujours au bouton de la porte.

— Tu crois ?

— Oui, donne-moi la main et ferme les yeux.

Basile, à contrecœur, lâche la porte. Et dire qu'en temps normal, il adore la foire foraine et les manèges qui mettent la tête à l'envers ! Ce soir, il va être servi ! Les enfants lâchent prise et décollent. Ils montent haut dans le ciel, dépassent le clocher de l'église. Ils zigzaguent dans tous les sens.

— Et maintenant, Basile, crie Anatole, toujours en lui serrant la main, ouvre les yeux et fais comme moi !

Anatole est un bon nageur. Il se met à effectuer des mouvements de brasse vers le bas.

— Regarde ! Là, c'est notre rue.

Tous deux se mettent à crawler en direction de leur immeuble, épousant les mouvements du vent qui n'arrive plus à avoir d'emprise sur eux. Et ils atterrissent ainsi juste devant la porte de l'immeuble. Mais reste-t-il assez de temps ?

18. LE DERNIER ACHAT

Il est 23 h 45. Parvenus à l'appartement d'Anatole, les cheveux en pétards et le blouson à l'envers, ils se ruent dans la chambre. L'appartement est silencieux ; pas l'ombre des parents, d'ailleurs… Misère, ils doivent être en train de les rechercher dans toute la ville !

— Si ça se trouve, tous les policiers sont sur le qui-vive ! marmonne Basile, un peu embêté.

— Un problème à la fois ! répond son copain qui se jette sur son ordinateur pour l'allumer.

Il est 23 h 50… L'ordinateur chante son petit cliquetis et une voix monocorde récite :

— Plus que dix minutes ! Top chrono, c'est parti ! Alors, c'était bien, cette petite promenade digestive ?

Sans faire attention à ces menaces, Anatole pianote à toute allure sur Internet et entre le nom du magasin du professeur Eurékajaitrouvé.

— Que voulez-vous commander avant que j'enlève vos parents ? chante la voix joyeuse du professeur, plus sereine et plus sûre que jamais.

— Je veux un logiciel, un logiciel de nettoyage… Contre les virus, tous les types de virus, précise le garçon d'un ton assuré. Et je le veux tout de suite ! Mon ordinateur fonctionne mal depuis quelque temps !

Illico presto, il note sa commande dans le

tiroir rouge de la commode du magasin de
l'atroce magicien.

— Non, marmonne le magicien qui
devient pivoine, puis gris comme un linceul.

— Vous êtes obligé. Et puis, je le veux
maintenant. Dans votre règlement, que j'ai lu
pas plus tard que ce soir chez un certain li -
braire que vous devez connaître, il est dit que
vous devez accepter toute demande, sans
condition ! Et puis, j'ai aussi lu qu'en payant
un supplément, on peut la recevoir SANS
DÉLAI ! Et ça veut dire maintenant, tout de
suite ! crie-t-il la tête contre l'écran.

La bouche du terrible sorcier se dé-
forme…

— Et vous voulez en faire quoi, de ce
logiciel, sale gamin ?

Anatole reste placide. Il ne tremble plus.

— Me débarrasser des nuisibles, re -
prend-il sans bouger un cil. Il y a de sales
virus qui parasitent mes fichiers. Et que ce
soit clair : qu'il nettoie tous les nuisibles,
quels qu'ils soient !

Le magicien semble troublé. Cette
demande à quelques minutes de l'heure fatidique ne lui plaît pas.

— Et n'essayez pas de gagner du temps, reprend l'enfant. Maintenant, j'ai dit, et quel qu'en soit le prix. Je signe tout de suite !

Le magicien, contraint, finit par articuler :

— Très bien. Vous l'aurez ! Signez là !

Le billet vert apparaît sur l'écran et Anatole s'empresse de le signer.

1-2... L'horloge du salon commence irrémédiablement à frapper les douze coups de minuit.

— Vite, vite, murmure Anatole...

3-4... Anatole se rue vers la porte d'entrée et l'ouvre pour vérifier. Il y a un paquet déposé sur le seuil. Il revient à toute vitesse dans sa chambre.

5-6-7... Il déchire l'emballage, sort le disque noir de son boîtier.

8-9... Puis, se tournant vers l'écran, s'écrie :

— Adieu, sale nuisible !

10-11... Et il engouffre le disque dans la bouche ouverte de l'ordinateur.

12 !

19. DIX SUR DIX

Derrière un rideau de chiffres et de lettres,
l'ombre du magicien ricane...

— Minuit ! À moi tes....

Mais il ne peut finir sa phrase.

Tout doucement, son long manteau noir
se met à fondre. Son chapeau s'aplatit comme
la mousse du bain mélangée au savon. Sa voix,

elle-même, devient terne, presque inaudible.

Sur l'écran devenu noir s'affiche uniquement : « Vérification terminée. Un fichier
écrasé. Voulez-vous vider la corbeille ? »

Anatole ne se fait pas prier et clique sur
« Oui ». Dans la chambre d'Anatole, tout est
calme et silencieux. Doucement, le stylo
magique se soulève et, dans un petit nuage de
poussière, pète trois fois et s'évapore. Ses
paires de chaussettes ainsi que tous les autres
objets en font autant, les uns après les autres.
Pot, pot et repot !

Basile n'a pas bougé. Lentement, un large
sourire éclaire son visage.

— On a réussi ? Vraiment ?

— Oui, Basile. La réponse au problème
était tellement facile…

— Je ne comprends pas…

— Eh bien, voilà… La devise de la famille Gringoire, tu sais, l'horloge chez le
libraire, m'a donné la solution : « Il ne faut pas
chercher ailleurs la solution à nos malheurs.
Pour sortir du pétrin, il faut être malin. Sers-
toi des mêmes armes que celles de ton ennemi
pour te débarrasser de lui ! », disait-elle. C'est
ce que j'ai fait. J'ai combattu le magicien avec

la seule chose qui pouvait l'anéantir : un objet magique ! En fait, ce professeur me déçoit : il n'est pas si futé que ça ! Et merci surtout au vieillard de la librairie de la rue Hautevieille ! Sans ses notes et sans son horloge, mes parents auraient disparu à jamais !

Justement, la lumière se fait au salon et les parents des deux compères poussent la porte avec fracas. Ils ont l'air d'avoir couru d'un bout à l'autre de la planète. Rouges, haletants, ils se plantent devant eux.

— Mais qu'est-ce qui se passe ici ? demande enfin la mère d'Anatole. Où étiez-vous donc ? On vous a cherchés partout ! Partout ! répète-t-elle.

— Cette attitude est inadmissible ! Vous devez prévenir quand vous sortez ! reprend le père d'Anatole d'un ton autoritaire, les mains sur les hanches comme s'il se préparait psy-chologiquement à leur trancher la gorge.

Quant à Anatole, tellement heureux de les revoir, il court se jeter dans les bras de sa mère, ignorant l'air menaçant de son père.

— Pardon. Maman ! Pardon…

— Et alors, répondez : où étiez-vous ?

continue son père qui commence à se radoucir, heureux lui aussi de retrouver son fils sain et sauf.

Anatole fait un clin d'œil à son copain.

— La vérité ?

— La vérité, ah oui ! répond Basile en se blottissant à son tour dans les bras de sa mère.

— Mais avant tout, Papa, Maman, vous devez savoir que vous pouvez tout m'interdire. Je ne désobéirai plus jamais ! Vraiment ! Il est interdit de désobéir ! Je suis si heureux de vous revoir ! Si vous saviez ! s'écrie Anatole.

Les parents se regardent, éberlués, puis se mettent tout doucement à sourire.

— Bien, on vous aime quand même, les affreux ! Allez, maman va préparer du bon chocolat chaud ! Vous nous raconterez toute votre histoire devant une bonne tasse fumante, non ? Il y en aura pour tout le monde !

Les deux garçons acquiescent, tout joyeux ! Ils ont bien mérité quelques douceurs.

— Et puis, après, vite au lit. Vous avez une dictée, demain, non ? rajoute la mère de Basile.

INTERDIT !

Basile jette un regard paniqué à Anatole… Zut, c'était quand même bien, le stylo magique… Surtout que madame Gureau les aura à l'œil…

Anatole sourit. Il se lèvera un peu plus tôt demain et il aura aussi, avec ou sans stylo magique, un dix sur dix…

LISEZ LA SUITE DES AVENTURES D'ANATOLE DANS :

LE DERNIER MONDE